NARET

OV BIEN
FANTASIE SVR LES
CEREMONIES DV BAPTESME
DE MONSEIGNEVR
le Dauphin.

*Par le Sr BERTAVT, premier Aumosnier de la
Reyne, & Abbé de nostre Dame d'Aunay.*

SACRIFICABO. ✱ SACRVM PINGVE DABO ✱ NEC MAGNVM SACRIFICABO.

A PARIS,
Chez ABEL L'ANGELIER, au premier
pillier de la grand' sale du Palais.
M. DCVII.

Auec priuilege du Roy.

()

Le Dauphin des François est prest de receuoir
Le nom que mes destins luy permettent d'auoir:
Nom commun à des Roys celebrez sur la terre
Pour des astres en paix, & des foudres en guerre,
Dont l'vn que sa vertu rendit si genereux
Iouit de ma presence entre mes bien heureux.
Mais outre ce nom là-que France renomme
Pour le iuste respect des vertus d'vn seul homme,
Et de qui l'homme seul se peut dire inuenteur,
Ie veux qu'il en porte vn qui m'ayt pour son autheur,
Et qui par les effects rende vn iour tesmoignage
Qu'il seruoit au futur de fidelle presage,
Et dedans vn seul mot se voyoit contenir
Le prophete discours de ses faits à venir.
Allez, assemblez moy de toutes les prouinces
Les plus rares vertus, & plus dignes des princes,
Qui se puissent loger dans les esprits humains
Destinez pour porter des sceptres en leurs mains.
Dites leur qu'il me plaist qu'elles soyent ses marrines,
Et que versant sur luy des eaux toutes diuines,
Celle de leur troupeau de qui les sainctes loix
Sont plus dignes de viure en l'ame des grands rois,
Luy departe son nom, & desormais l'inspire
Comme l'vnique espoir de tout vn grand empire,
A qui par mes decrets nul terme n'est prefix,
Et dont i'aymë le Pere, & veux cherir le Fils.
   Ie voy desia la Thrace, & les ondes Ægees
Auoir peur d'estre vn iour sous ses armes rangees,
Et le Croissant doré qui se croit sans pareil,
Pallir deuant les rais de ce nouueau Soleil.

C'eſt au plᵒ grãds vaiſſeaux, cõme aux princes des flot-
Qu'il faut de plus experts & plus ſages pilotes : (tes,
Iay ſoing des grands eſtats: & moy qui luy promets
Vn ſceptre plus puiſſant qu'aucun ne l'eut iamais:
Moy qui doibs tout courber ſous ſon obeiſſance,
Ie veux que ſes vertus egallent ſa puiſſance:
Et feray qu'ainſi ſoit: i'en prends les quatre coings
De la terre & du ciel pour fidelles teſmoings.

Comme il eut dit ces mots, ſoudain la troupe allee
Vers les champs d'icy bas eſtendit ſa vollee,
Et partant comme vn trait de la main d'vn archer,
Celuy qui s'impoſa le labeur de chercher
La magnanime * Andrie au milieu des idoles   * Valeur.
Qui contrefont ſon port, ſa mine, & ſes paroles,
La trouua ſur le point qu'aux mortels ſe celant,
Elle alloit enjamber vn grand courſier vollant,
En deſſein de paſſer aux nations eſtranges
Pour moiſſonner ailleurs de nouuelles loüanges.

L'armet qui luy couuroit le front & les cheueux
Sembloit en ſe mouuant briller de mille feux:
Vne riche foreſt de plumes azurees
Rendoit vn fier vmbrage à ſes armes dorees:
Et le tranchant acier qui luy pendoit du flanc,
Appris dans les combats à ſe paiſtre de ſang,
Comme tout affamé de ſon mets ordinaire,
Monſtroit de demeurer l'hoſte mal volontaire
Du ſuperbe fourreau qui de perles ſemé,
Dans vne priſon d'or le tenoit enfermé.

Sur ce riche fourreau viuoient par la ſculpture,
De cet eſprit dont l'art anime vne peinture,

Les faits que la vaillance a le plus signalez,
Soit durant le long cours dès siecles escoulez,
Soit durant les presents, par la main des monarques
De qui tout l'vniuers porte encores les marques.

 Là, dans l'eau du Granique, & sur ses rouges bords,
(Non lors riues d'vn fleuue, ains môtagnes de morts)
Alexandre forçoit la Victoire elle mesme
D'asseruir tout le monde à son seul diadéme.
Là, le vaillant Cæsar foudroyant de sa main
La puissance & du peuple & du senat Romain,
Et soumettant leurs loix aux loix de son espee,
Terraçoit sous ses pieds les lauriers de Pompee,
Qui tout palle, & saisy d'effroy non attendu,
Quittoit & la Pharsale, & son camp esperdu.

 Quoy? tu fuis grand Pompee, abandonnāt la gloire
Tant de fois recueillie és champs de la Victoire,
Et s'enfuyants les tiens le premier tu les suis!
Il est vray qu'à ce coup c'est Cæsar que tu fuis:
Voila ta seule excuse, & le bras qui te dompte
T'aporte au moins ce bien qu'il amaindrit ta honte.

 Sur le bout de l'espee où l'or n'estoit meslé
D'aucun autre metal ny plain ny cizelé,
Nostre Roy tout couuert de poudre ensanglantee,
Chassoit le fer au poing l'Espagne epouuantee,
Et contre vn camp my-more irritant sa valeur,
Faisoit perdre aux plus fiers l'haleine & la couleur.
L'or paroissoit fuir detaché de sa place,
Et blesmir sur des fronts nagueres pleins d'audace.
Luy, secoüant les flots d'vn grand pennache blanc,
Par vn braue méspris de respandre le sang

Du vulgaire soldat sur la teste des herbes,
Ne se prenoit qu'aux Chefs, qu'aux Alsiers , qu'aux
    superbes,
A qui leur riche habit ou l'orgueil de leur port
Se payoit par ses mains d'vne soudaine mort.
Les siens à son exemple aguisants leur courage
Faisoient de tout le reste vn gloricux carnage :
Le sang qui par ruisseaux la campagne arrousoit,
En formoit comme vn lac qu'vn ruby composoit.

Le flanc d'vn estuy d'or graué de telle emprainte
Couuroit l'acier trenchant dont Andrie estoit ceinte.
Mille autres furieux & renommez combats
Semoyent a traits d'argent, du haut iusques au bas,
La iuppe qui tomboit du relief de ses hanches
Sur les cordons dorez de ses sandales blanches.
Telle on peindroit Minerue assaillant les Gëants,
Ou s'armant contre Mars sur les bords Ideans.

Au soudain arriuer de ce courrier celeste,
La Nymphe composa la fierté de son geste;
Et luy qui brieuement instruisit son penser
Des propos que le ciel l'enuoyoit anoncer,
L'ayant en fin enquise où tendoit son voyage,
Elle luy respondant bastit vn tel langage.

Celeste messager, tandy que ce grand Roy,
Qui fait ployer la France au doux joug de sa loy,
Tailloit de son espee vne image à sa gloire,
Pour l'asseoir en triomphe au temple de Memoire,
Rien ne tenoit mes pas loin des siens écartez,
Ie luy guidois la main; i'estois à ses costez;

Ains i'eſtois en luy-meſme, & faiſois voir ſans ceſſe
Que ſon eſprit m'auoit pour eternelle hoſteſſe.
Mais puis que maintenant la paix l'a deſarmé,
Tenant Mars deſormais en ſon temple enfermé,
Ie cedois au deſir de ma tranchante épee
Qui ne peut longuement reſter non occupee:
Et tandy que ſon cueur de repos amoureux
Me rend comme inutile à ſon bras valeureux,
Ie m'en allois ailleurs chercher quelque autre terre
Qui ſeruiſt de theatre aux fureurs de la guerre,
Pour me voir derechef es combats moiſſonner
Les palmes dont ſon bras m'y faiſoit couronner.
Car d'animer touſiours du feu de ma vaillance
Le courage inſensé des ieunes de la France,
Mon cœur n'y conſent plus, les voyant ſi ſouuent,
Pour des ſugets legers nais & nourris de vent,
Auancer de leurs iours les bornes naturelles,
Et s'immoler ſans ceſſe à de folles querelles,
Où preſque le vainqueur rougit d'en triompher,
Et pour qui mettre au poing la vaillance du fer,
Outre que la victoire en eſt digne de larmes,
C'eſt prophaner l'eſpee, & la gloire des armes.
    Non que ie trouue eſtrãge en des cœurs ſi bouillants,
Que pour le point d'honneur, l'Idole des vaillants,
Vn caualier ſenſible aux pointes des outrages
Auanture ſa vie à d'euidents n'auſfrages,
Puis qu'eſtant ſans honneur, on eſt ſans ſentiment,
Si l'on ne iuge point la vie eſtre vn torment:
Mais ie voudrois qu'on ſceuſt, non par l'apprentiſſage
D'vn cœur vaillãt ſãs plus, mais d'vn vaillãt & ſage,

En quoy peut conſiſter ce riche point d'honneur
Pour qui perdre la vie eſt au monde vn bon-heur.

Car vne telle yureſſe emplit les fantaſies
De ceux dont cete erreur tient les ames ſaiſies,
Que tel eſtimera ſon honneur offencé
D'endurer quelque mot en ioüant prononcé,
Qui n'eſtimera pas luy pouuoir faire iniure
Le ſouillant vilement par vn laſche pariure ;
Ou ſans aucun reſpect de deuoir ny de foy
Trahiſſant meſchamment ſa patrie ou ſon Roy,
Ou rendant vne place auant que lon l'aſſaille,
Ou fuyant des premiers au iour d'vne bataille.

Ainſi l'eſprit attaint d'vnę bigotte erreur,
Croit commettre vn peché preſque digne d'horreur,
Quand par oubly des loix qu'a preſcriptes l'exemple
Non laué d'eau ſacree il entre dans vn temple :
Et l'inſenſé qu'il eſt, nul regret ne le mord
D'auoir precipité l'innocent à la mort
Par vn faux teſmoignage, ou par la violence
Que fait aux ſainctes loix vne iniuſte ſentence :
Ains rit de voir gemir és laqs qu'il a brouillez
La vefue & l'orphelin de tous biens deſpouillez.

Ces valeureux Romains, vainqueurs de tout le mõde,
Ne fondoient point l'honneur où cet age le fonde,
Ny n'en eſtimoient point la gloire conſiſter
A faire auec l'eſpee vn mot interpreter,
Pointiller ſur vn rien, & s'acquerir l'eſtime
Que cherchent les duels en leur ſanglante eſcrime.
De preceptes plus ſaincts des leur enfance imbuz,
Ils ignoroient l'vſage, ou (parlant mieux) l'abus

D'vn appel, d'vn second, d'vn cartel homicide
Sinon lors que les loix leur en laschoient la bride,
Pour la gloire publique, encontre la valeur
D'vn publique ennemy se prenant à la leur.
Mais quand d'vne vertu de loüange affamee
Il falloit des premiers enfoncer vne armee,
Ou de grands coups de traits percez de part en part,
Vainqueurs aller mourir sur le haut d'vn rempart,
Ou s'abismer tous vifs dedans la gueule ouuerte
D'vn gouffre quils deuoient refermer par leur perte,
Ils le sçauoyent bien faire, & sans peur du trepas,
Nul homme en ce chemin ne deuançoit leurs pas.
Tesmoing en est encor la magnanime audace
D'vn Curce, d'vn Decie, & d'vn vaillant Horace,
Et d'autres qui viuants à iamais signalez
Se sont pour leur patrie eux mesmes immolez :
Et de qui les beaux faits, pour l'hõneur qu'ils meritẽt,
Deseperent les cœurs autant qu'ils les incitent.
Aussi mourants ainsi, les hymnes & les fleurs
Honoroient leurs conuois, non les cris ny les pleurs :
Car la fleur de leurs noms n'estoit iamais flestrie,
Et pour le moins leur mort seruoit a leur patrie :
Au lieu que le trepas qui conduit au cercueil
Ces ieunes forcenez n'est digne que de dueil :
Leur courage les perd sant proufit & sans gloire,
Et ne reste rien d'eux qu'vne triste memoire
Qui fait qu'en condamnant la fureur qui les poind
On les honore assez de ne les blasmer point.
    Voy que de caualiers fameux par leur vaillance
Ont faict en ces duels auorter l'esperance

Que lon conceuoit d'eux, fruftrants indignement
Les Roys leurs bienfaicteurs du glorieux payment
Qu'on attend d'vn guerrier aymant fa renommee
Le iour d'vne bataille au milieu d'vne armée:
Et donnants aux fureurs des boüillons infenfez
Dont leurs ieunes efprits monftrent d'eftre pouffez
Ce qu'ils deuoient offrir d'vn plus fainct facrifice,
A leur Prince, à la France, à leur terre nourrice!

On compoferoit d'eux (fi tels qu'ils eftoyent lors
Ils retournoient icy du royaume des morts)
Non vn feul efquadron, mais vne armee entiere
Qui feule aux efcriuains fourniroit de matiere,
Et qui pleine d'Hectors, d'Achilles, de Cæfars,
Comme en fon element fe plairoit aux hazards:
Ains qui fuiuant les pas de fon valeureux Prince,
Rendroit tout l'vniuers enclos en fa prouince.
Au lieu qui maintenant ils font dans le tombeau
Regretants la clarté du celefte flambeau,
Ou là bas en des lieux eternellement fombres
Se battans fans fuget auec de pauures vmbres.

Ceft pourquoy, ce mal-heur renaiffant tous les iours,
Ny rien n'ayant pouuoir d'en fuprimer le cours,
Et fentant que ma gloire en eft prefque ternie,
Quand mon nom s'attribue à leur fiere manie,
Affin de ne plus voir ces aueugles exprits
Faire tomber ma gloire en vn iufte mefpris,
Et mes graces par eux fe conuertir en vices,
I'allois chercher ailleurs de plus faincts exercices,
Aymant mieux voir des cœurs fi peu maiftres de foy,
Ne me poffeder point que d'abuzer de moy.

Icy se teut Andrie, & de ce doux langage
L'Ange en luy respondant luy flatta le courage.
Certes Nymphe * ta plainte a beaucoup de raison,
Mais excuse les feux de la ieune saison.
Il est plus malaisé que peut estre il ne semble,
D'estre ieune, & François, & sage tout ensemble.
Ce mal vient d'vne erreur grauee en leur penser,
Qu'vn esprit courageux qui se sent offencer,
Ne doit (s'il tient sa vie aux armes occupee)
Rechercher sa raison en rien qu'en son espee;
Et qu'vn signe, vn clin d'œil, vn vmbre seulement
Suffist pour offenser vn noble sentiment.
Pernicieuse erreur, & qui rend inutiles
Tous les trosnes des loix guerrieres & ciuiles:
Car le glaiue public trenche ou menace en vain,
Si du glaiue priué chacun s'arme la main:
Et vaine est la iustice aux magistrats suprêmes,
Si les suiects ont droit de se la faire eux mesmes.
    Aussi ne croy ie pas qu'vn si sanglant mal-heur
Accompagne tousiours leur fameuse valeur:
Le frein des sages loix qu'auec tant de prudence
Leur Prince arme auiourd'huy contre ceste licence,
Bridera leur audace, & monstrant vn sentier
Par où, ce cher honneur restant en son entier,
Vn Cauallier pourueu d'adresse & de courage
Leur aille demander raison de quelque outrage,
Collera leur espee au fond de son estuy;
Sinon quand en l'ardeur de combattre pour luy
Contre les ennemis qui le sort luy suscite,
Se plonger dans le sang sera gloire & merite,

Cependant diſpoſee à l'attente de mieux,
Execute l'arreſt du monarque des cieux;
Et demeurant en France où ta gloire eſt ſi grande,
Fay qu'vn iour ſon pouuoir à la terre commande,
Ne fuſt-ce qu'en faueur de ce nouueau Soleil
Sur qui tout l'vniuers commence a ietter l'œil,
Les vns pleins d'eſperance & les autres de crainte,
Ce bien-heureux Dauphin où tu parois emprainte,
Et qui ſemble loger, dés ſes ans imparfaits,
En ſes yeux ton image, en ſon bras tes effects.

Certes on n'auroit ſceu, reſpond Andrie à l'heure,
Par vn charme plus fort m'aſtreindre à la demeure:
(Auſſi bien y viuant ce grand Roy mon ſoucy,
Cet autre moy, ſon Pere, y croy-ie viure auſſi)
Car ie veux, comme en l'vn ie ſuis vne merueille,
Eſtre en l'autre vn miracle, & luire ſans pareille
En tout ce qu'oſera le bras de ſa vertu
Pour le ſceptre ancien que ſes Ayeux ont eu:
Soit qu'il face tourner le front de ſes armees
Vers ces creſtes de mont que la flamme a nommees,
Soit qu'il iette les yeux ſur ces fertiles champs
Qui regardent Boote & les ſoleils couchants:
Dont les Princes ſont dits dans les antiques contes,
Comtes entre les Roys, & Roys entre les Comtes.

Sur ces mots prononcez du meſme ton de voix
Qu'vn oracle animé reſpondoit autre fois,
Tous deux prindrent leur vol par la plaine celeſte,
Vers la place arreſtee, où s'aſſembloit le reſte
Des Royales Vertus à qui fut ordonné
D'impoſer le grand nom par le ciel deſtiné.

Là ſe trouuoit deja la royale * Eumenie,
Et celle qu'on croyoit du monde eſtre bannie,
* Piſtie aux ſimples mœurs ; & * celle qui de loing
Eſtend ſur l'aduenir l'œil de ſon ſage ſoing.
Là ſe faiſoit paroiſtre à ſes illuſtres marques
La belle * Euergeſie, ornement des Monarques ;
Et la ferme * Hypomone, & * Cartere ſa ſœur,
Et celle qui ſouuent nuiſt à ſon deffenſeur,
La naïue * Alithie aux mortels peu cogneuë,
Qu'on voile, & qui ſe plaiſt à ſe voir toute nuë.
  Bref de tant de vertus que le ciel conuoquoit,
Nulle ſinon * Dicee au troupeau ne manquoit,
Et la ſaincte * Euſebie en ſes vmbres cachée,
Et long temps preſque en vain par les Anges cherchée.
  Car vne * viue idole erre icy parmy nous,
De qui le ſimple habit, le parler humble & doux,
Le regard jetté bas, & le geſte hypocrite,
Se forme à ſon modelle, & de ſi pres l'imite
Auec ſon maſque feint, & ſes geſtes ruzez,
Que les plus clers voyans s'y trouuent abuſez.
  Vous diries que ſon cœur n'a que Dieu pour delices :
Que ieuner & prier ſont ſes ſeuls exercices :
Qu'elle abhorre le monde, & l'ayant pour ſon fleau,
Y vit comme vn poiſſon vit eſtant hors de l'eau,
L'ardante amour du ciel dont le feu la conſume,
Ne luy laiſſant ailleurs rien gouſter qu'amertume.
  Et cependant la feinte, en ſes deſirs cachez,
N'imagine qu'honneurs, ne ſonge qu'Eueſchez ;
Bruſle apres le deſir de viure en vne hiſtoire :
Suit la gloire, & la cherche és mépris de la gloire :

Marginalia (left):
emêce
oy.
dence.
ibera-
onſtã-
& Pa-
ice.
crité.
iuſtice.
ieté.
Hypo-
ie.

N'ayme à faire en ce monde aucun bien sans tesmoing;
Et mesme en bien faisant, du bien n'a point de soing.

Ceste peste de l'ame, & ceste autre manie
Qui iadis eut le nom de * Disidaimonie,
Et qui pour craindre Dieu d'vn cœur espouanté,
Reuerant sa iustice outrage sa bonté,
Crainte vrayment seruile & d'erreurs affolée,
Ont rendu d'entre nous Eusebie exilee:
L'vne pour n'aymer point, l'autre pour mal aymer
Ce qu'il faut & mieux craindre, & moins en presumer.

* Supe
stition.

Aussi le poste ællé qui cherchoit ses retraites,
Furettant auec soing les cloisons plus secrettes,
Où le peuple la croit loger incessamment,
N'en trouua iamais rien que les pas seulement;
Encor qu'il visitast les demeures austeres
De plusieurs renommez & sacrez monasteres :
Mais tousiours au lieu d'elle, entrãt en ces saincts lieux
L'vne de ces fureurs s'opposoit à ses yeux,
Couuerte d'vn habit de qui l'humble apparence
Trompant les plus accorts, cachoit leur difference.

Enfin pourtant son œil cherchant de tous costez,
Il la trouua cachée en des lieux escartez,
Où plorant nos erreurs antiques & nouuelles,
Elle passoit les iours en larmes eternelles,
Auec vne humble trouppe à qui le mesme soing
D'auoir le monde en haine & de s'en tirer loing,
Auoit fait preferer la rigueur volontaire
D'vne austere indigence, en vn lieu solitaire,
A la richesse, à laise, aux vains tiltres d'honneur,
A quoy les appelloit ce qu'on nomme bon-heur:

Aymant mieux ſe reſoudre à perdre ces delices,
Que d'en eſtre perdue és eternels ſupplices.

Dans ce lieu ſolitaire, entre les oraiſons,
Antidotes ſacrez des mortelles poiſons,
Qui corrompent vne ame au vice abandonnée,
L'Ange trouua la Nymphe à genoux proſternée.
Leurs propos furent cours; car le temps les preſſant,
Apres qu'en peu de mots ſon diſcours ramaſſant,
Il l'eut en bref inſtruite & du voûloir celeſte,
Et de ce qu'il venoit luy rendre manifeſte,
Ils prindrent leur chemin dedans vn coche d'air
Vers l'endroit où leurs pas deuoient tous ſe guider,
General rende-vous de la trouppe amaſſee,

* Iuſtice. A qui manquoit encor la princeſſe * Dicee.
Mais le courrier vollant, eleu pour la chercher,
Ny ne la voyoit point ſur la terre marcher,
Ny ne la trouuoit plus, comme autresfois, aſſize
Dans les ſainčts tribunaux des Roys & de l'Egliſe,
Entre les Magiſtrats qui ſont la viue voix,
Les ſacrez truchemans, & l'eſprit de leurs loix.
Dequoy s'eſmerueillant, & deſirant d'entendre
Quelle cauſe pourroit la langue humaine en rendre,
Il print vn corps viſible, & ſe chargeant les mains
D'vn ſac gros de papiers & de vieux tiltres faints,
Entra dans vne ſale où bruyoit le murmure
D'vn peuple tremouſſant ſous la fiere pointure

Procés. De la cruelle * Eride epandant ſes fureurs,
Conté-
ion. Iuſques dedans l'eſprit des ſimples laboureurs,
Soucy. Picqués, comme d'vn tan, des traits de ſa manie,
Depen-
ſe. Et battus de ſes ſœurs * Merimne * & Dapanie.

Dans ceſte grande ſale incogneuë au repos,
Erroit ceſte Furie, ou parmy ſes ſuppoſts,
Ou parmy les chetifs que ſes dures eſtreintes
Lioient entre les pleurs & les friuoles plaintes.
Vne ſuite de bancs l'vn à l'autre enfilez,
Portans de diuers noms leurs fronts intitulez,
En bordoient les parois du long age enfumees,
Perches de maints oiſeaux aux griffes emplumees,
Et dont la plume agile eſt appriſe à voller
Pour ce riche metal qui fait taire & parler.
Nul ordre n'y regnoit : vne bruyante preſſe
Roullante en tourbillons, s'y demenoit ſans ceſſe,
Groſſe de tous eſtats, de preſtres, de marchands,
De nobles, de bourgeois, de laboureurs des champs :
On s'y pouſſoit l'vn l'autre allant parmy ſes ondes
Qui deçà, qui delà ſe portoient vagabondes.
   L'vn crioit ſans reſpect, l'autre ſe courrouſſoit:
L'vn courtiſoit ſon iuge, & l'autre le preſſoit :
Qui parloit d'vn deffaut, qui d'vne guarantie:
Ceſtuy-cy querellant menaçoit ſa partie :
Ceſtuy-là dementoit le rapport d'vn teſmoing :
Huiſſiers alloient, venoient, leurs baguettes au poing.
Vne eſſein d'aduocats fourmilloit par la place,
Dont les moins occupez en meſuroient l'eſpace :
Tout bouilloit de diſcords ; & quand l'vn s'acheuoit,
L'autre prenoit naiſſance : vn bruit s'en eleuoit,
Tel qu'on oit quelquesfois ſur le bord du riuage,
Lors que la mer s'appreſte aux fureurs d'vn orage.
   Aupres de tant de flots, la nuit ſeule accoiſez,
Paroiſſoit vn vieillard qui ſeul, les bras croiſez,

Les yeux fichez en haut, & le visage blesme,
Monstroit bien de loger quelque dueil en soy mesme.
L'ange l'apperceuant porta vers luy ses pas,
Et se feignant suget a la loy du trepas,
Bon pere (luy dit-il, pour sonder sa pensee)
Où pourray-ie trouuer la Princesse Dicee
Que ie cherche par tout auec peine & soucy,
Et qu'en vain mon espoir cuidoit trouuer icy?

    Dicée! he mon enfant, elle n'est plus au monde.
(Respondit le Vieillard, lachant presque la bonde
Aux pleurs qu'il retenoit, & jettant vn souspir)
Ce feu que la mort seule a pouuoir d'assoupir,
Ceste bruslante soif des tresors de la terre,
Et tous les maux appris à luy faire la guerre,
La forçant de quitter ces miserables lieux,
L'ont contrainte à la fin de reuoler aux cieux.
Ou si la terre encor l'arreste en ses limites,
C'est entre les Chinois, ou les Turcs, ou les Scythes,
Mais en tout ce climat à peine est il resté
Quelque marque à nos yeux qu'elle l'ait habité.

* Iniusti-
ce. La cruelle * Adicie en sa place est assize:
La haine, la faueur, la fraude, & la faintise,
Chassant des iugements l'honneur & la vertu,
Font du tortu le droit, & du droit le tortu.
L'art & la tromperie y tiennent leurs escholes:
Les loix & la raison ne sont plus que paroles,
Car on n'y peze plus la raison ny les loix
Qu'en des balances d'or où l'or seul est de poids.

    Le vieillard poursuiuoit en termes tousiours mesmes
Quand l'Ange interrompant le cours de ces blasphemes,
                                        O bon

O bon pere, dist-il, la recente douleur
De quelque grand procés perdu pour ton mal-heur,
Tire (a ce que ie voy) ces propos de ta bouche
Pardonnables peut estre au regret qui te touche:
Mais l'œil des passions voit mal la verité.

Cela dit, & guidant ses pas d'autre costé
Vers vn dont il iugea l'ame moins trauersee,
Et presque en mots pareils s'enquerant de Dicee,
Cestuy cy plus accort, & d'vn parler plus doux,
Certes, dist-il, mon fils, peu d'hommes entre nous,
Quoy qu'vn rayon celeste en leurs ames s'espande,
Pourront facilement respondre à ta demande.

Car tel la iugera loger en vn endroit,
Où l'autre qui s'y plainct qu'on estouffe son droict,
Iurera par le ciel & tout ce qu'il embrasse,
Qu'il n'en demeure pas seulement vne trace:
Chacun selon la ioye ou l'ennuy qu'il ressent,
Y logeant son pouuoir, ou l'en faignant absent.
Bien te puis-ie asseurer, sans qu'aucun en appelle,
Que ce n'est pas icy sa demeure eternelle:
Quelque fois elle y vient, amenant quand & soy
L'antique preud'hommie, & l'honneur, & la Foy;
Mais les estranges tours d'vne dame prophane
Que d'vn tiltre barbare on appelle Chiquane,
L'affligent tellement qu'ils la font resortir,
Ne pouuant l'vne & l'autre ensemble compatir.
Et puis Plute y suruient qui luy menant la guerre
Auec ce doux effort dont il regne en la terre,
Et souuent la faisant en larmes retourner,
Est cause qu'on l'y voit rarement seiourner.

B

Ie l'ay veuë habitante en ce Senat augufte
Qui feant fur vn lit plus Royal & plus iufte,
Remplit d'Edicts la France, & croy que maintenant
Tu la pourras trouuer encor y feiournant;
Si les mefmes abus de qui la tyrannie
L'a de tant d'autres lieux ouuertement bannye,
Ne s'y font point coullez par vn chemin doré;
Mais arriere ce mal d'vn lieu fi reueré.

    Cela dit, il fe teut: & l'Ange à la mefme heure
Se cachant à fes yeux quitta cefte demeure:
Rendit à l'air le corps qu'il auoit pris de l'air,
Et vers d'autres palais fe haftant de voller,
Rencontra la Princeffe au milieu de la voye,
Qui portant fur le front vne euidente ioye,
D'auoir en iugement terracé le fupport
Dont le pire party fe rendoit le plus fort,
Venoit de decider, au Confeil de nos princes,
Vn point d'où dependoit la paix de leurs prouinces.

    Mais ce contentement fut encor augmenté,
Quand elle eut du courrier apris la volonté
De celuy dont les cieux adorent la puiffance,
Pour le furnom futur du grand Dauphin de France:
Et dés l'heure auec luy parmy l'air fe guidant,
Se rendit à la trouppe encor les attendant.

    Or s'en alloient partir ces Nymphes affemblees,
Toutes d'aif. & d'efpoir diuerfement comblees,
Pour voller au feiour des Roys fauorisé
Où le Nom refolu deuoit eftre imposé
A ce Royal enfant, l'efperance du monde,
Par l'eflite des grands dont l'Europe eft feconde:

Quand vn noble debat entre elles s'emouuant,
Retint encor leur vol de passer plus auant:
Quoy qu'vn ardant desir de-voir l'illustre enfance
De cet Astre naissant qui doit luire à la France,
Pressast leur departie, & que de tous costez
Les sacrez ornements pour cest œuure apprestez,
Les Princes, le Roy mesme, & les Dames parees
D'habits d'où s'eclattoient mille flames dorees,
Et tout Fontaine-bleau pompeux en ses Palais,
Semblassent s'offencer des plus iustes delais.

Mais ayant ordonné le Monarque celeste,
Que celle des Vertus qui passeroit le reste
En ce qui rend vn Prince heureux & florissant,
Consacreroit son nom à ce nouueau croissant;
Quãd l'vn des saincts courriers qui gallopët des ælles
Vint à les exhorter d'en consulter entre elles,
Et pourquoy, dist* Andrie, entre nous consulter   * Valeur.
D'vn point dont seulement on ne doit pas douter?
C'est à moy, c'est à moy, qu'appartient ceste gloire:
Car qu'elle autre de nous orne plus la memoire
D'vn magnanime Prince, ou maintiët mieux que moy
La mageste d'vn sceptre en la main d'vn grand Roy?
C'est moy qui rends son nom reluisant de loüanges:
C'est moy qui le fais craindre és prouinces estranges:
Et qui par la terreur de son bras redouté
Retiens l'ardant desir dont se verroit tenté
L'ambitieux esprit des Tyrans de la terre,
D'espandre sur ses champs les mal-heurs de la guerre;
Sa fameuse valeur s'acquerant ce loyer,
Qu'il n'est plus à la fin contrainct de l'employer.

Que s'il veut par le monde estendre ses conquestes,
C'est moy qui luy soumets les orgueilleuses testes
Des monts plus esleuez qu'à ses camps i'applanis;
Moy qui liure en ses mains les forts les plus munis:
Moy qui respans le froid d'vne tremblante glace
Es cœurs plus aguerris, & plus remplis d'audace,
Qui de luy faire teste osent se conseiller,
A voir le lustre seul de ses armes briller:
Moy qui fais que le bruit de ses seules trompettes,
Sans employer son bras, rend leurs troupes deffaictes:
Qui fais que redoutable aux plus craints d'icy bas,
La fuitte de ses coups est sans honte és combats,
Comme si nul acier ne s'en pouuant deffendre,
C'estoit temerité, non valeur, que l'attendre.

　　Tels furent ces Heros que les siecles plus vieux
Virent pour leur vaillance estimer demy-Dieux :
Tel celuy qui soustint le ciel sur ses espaules:
Tel ce grand conquereur de l'Empire des Gaulles:
Tel ce braue Alexandre: & tels ont esté faints
Ces fameux Paladins qui de contes si vains
Ornent des vieux Romans les aymables mensonges,
Qu'ils semblēt estre escrits du doigt mesme des Songes:
Mais ce que seulement en Idee ils ont eu,
Ie le donne en effect au bras de sa vertu.

　　Qui ne sçait que moy seule és combats occupee
Sers aux autres Vertus de bouclier & d'espee?
Vous mesmes par effect le semblez confesser,
Encor que vostre voix fuye à le prononcer.
Car des que la fureur d'vn orage de guerre
Fait ouyr en vos champs le bruit de son tonnerre,

Soudain palles de crainte, & tremblantes deffroy,
Sans vous tenir aux vœux, vous accourez vers moy:
Me criez, deffens nous: vous cachez sous mes ælles,
Et monstrez vous iuger mal à couuert sans elles.

　　Aussi, c'est plustost moy que nulle autre de nous,
Qui pour m'exposer seule a la gresle des coups,
Engendre les estats, les conquiers, ou les fonde,
Et plante dans le sang les Empires du monde.

　　Le venerable orgueil du grand sceptre Romain,
Aussi bien que du Grec, fut l'œuure de ma main;
Et cet autre fameux & glorieux Empire
Dont encor la grandeur en ses cendres respire,
Car bien que ie destruise, auec tant de combats,
Ce que l'arrest du ciel veut qu'on renuerse à bas,
Ie fonde en destruisant, & de la poudre mesme
De cent petits estats forme vn grand Diademe,
Comme on voit les dragons les plus demesurez
Se former des serpents qu'ils ont vifs deuorez.

　　Bien est-ce iustement qu'on vous donne la gloire
De sçauoir mesnager les fruicts d'vne victoire:
Mais l'honneur en est moindre, & tousiours c'est vn biĕ
Qui, quelque grand qu'il soit, prend naissance du miĕ.

　　Enfin, des saincts labeurs où nostre ame s'exerce
Le merite est diuers, & la palme diuerse.
Vous regnez sur les doux, ie donte les plus fiers:
Vous ornez les estats, & moy ie les conquiers:
Vous les sçauez regir, moy ie les sçay deffendre:
Vous assiegez des murs, & moy i'ose les prendre:
Vous monstrez ce que peut l'art du sçauoir humain;
Et moy ce que peut faire vne vaillante main.

Bref, vous faictes à l'vmbre en des chambres fermees
Ce que ie fais à l'ærte au milieu des armees.

    Mais en tous ces exploits ie vous surpaße autant,
Que vaincre vn ennemy vaillamment resiſtant,
Voir tout autour de ſoy, comme eſclairs dans les nues,
Cent piſtoles flamber, & mille lames nues,
N'ouïr rien que canons qui font de tous coſtez.
Voller iambes & bras de leurs coups emportez,
Marcher dedans le ſang dont la campagne eſt teinte,
Et parmy tout cela ne pallir point de crainte,
Eſt & plus difficile & plus Royal auſſi,
Qu'eclarciſſant vn point par la fraude obſcurcy,
Deffendre en vn conſeil la raiſon opprimee,
Ou d'vn prudent eſprit gaigner la renommee,
Ou prier & ieuner, ou donner franchement,
Ou s'acquerir l'honneur d'eſtre doux & clement.

    Viue donc la Vaillance, & viue la memoire
D'vn valeureux Monarque au temple de la gloire.
Nulle humaine Vertu ne couure tant que moy
Les taches des deffauts qui logent en vn Roy:
Il eſt vn Ariſtide, eſtant vn Alexandre:
Car les luiſants rayons que ie luy fais reſpandre
Eblouyſſent les yeux auec tant de ſplendeur,
Qu'on n'y remarque rien que lumiere & grandeur.
Au lieu qu'eſtant priué du luſtre que ie donne,
Il a beau ſe vanter d'vne double couronne,
Eſtre prudent, ſçauant, fameux en pieté,
Garder la foy promiſe, obſeruer l'equité,
Auoir en beaux diſcours la parolle feconde,
Il reſte contemptible aux autres Roys du monde:

Et bien qu'infiniz dons le facent remarquer,
Luy manquant c'estuy là , tout luy semble manquer.

Il tremble dans le cœur au moindre bruit des armes:
Ne s'aide que de vœux, de plaintes, & de larmes:
Esbranle de sa peur ses plus fermes soustiens,
Et manquant de courage, en desarme les siens:
Bref, comme estant muny de vertus pacifiques,
Est mille fois meilleur, és tempestes publiques,
Pour estre vn grand Pontife, & iuger de la Foy,
Que pour tenir vn sceptre, & paroistre vn grand Roy.

Comme Andrie acheuoit de former ces parolles,
* Celle qui nous apprend en ses sages écholes   *Prudéce
L'art de ne rien iamais follement attenter,
Tout beau, dist-elle, Andrie: on peut bien se vanter
Sans blasmer ses égaux, & d'vn superbe échange,
Conuertir leur mépris en sa propre loüange.
Ton merite est bien grand, mais la gloire du mien
Ou le surpasse encor, ou ne luy cede en rien,
N'estant point de Vertu, qu'on trouue m'estre égalle
Pour dignement regner dans vne ame Royalle.

Car qu'vn Roy soit tout plein de desseins genereux,
Qu'il soit tant qu'on voudra constant & valeureux,
Clement, & liberal, & iuste, & veritable,
Et que la Pieté d'vn Zele inimitable
Tienne en luy sous ses pieds tous vices abbatus,
S'il est priué de moy qui suis l'œil des Vertus,
Il vse aueuglement, & presque auec offence,
De ces diuins tresors par faute de prudence:
Et ressemble vn vaisseau ia flottant en la mer,
A qui nul des apprests destinez pour l'armer

Ne manque en nul endroit pour son iuste equippage,
Soyēt viures, soyent rameurs, soyēt voiles, soit cordage:
Tant seulement luy manque vn pilote sçauant
Qui d'vn frein de sapin, auec art le mouuant,
Le guide sur les flots, luy serue comme d'ame,
L'empesche d'vser mal & de voile & de rame,
Leur impose ses loix, & d'vne docte main
Les garde de le perdre, ou de voguer en vain.
  Que si le vent enflant ses voiles estalees
Le transporte sans luy sur les plaines sallees,
Il erre à l'aduenture, & va d'vn triste choc
Sacrifier sa charge aux pieds de quelque roch.
  I len prend tout de mesme aux Princes de la terre
Qui font sans mes conseils ou la paix ou la guerre:
Et qui des autres dons qu'ils ont receuz des cieux,
Se vont, faute de moy, seruants comme à clos yeux.
Ils prosperent si peu que, comme d'vn nauffrage,
De leur propre bon-heur ils tirent du dommage:
Leur valeur ne produit que des tristes effects:
Viennent-ils au combat? ils se trouuent deffaicts:
Gaignent ils la victoire? ils perdent la campagne,
Et quelque repentir par tout les accompagne.
Leurs liberalitez desobligent les cœurs:
La clemence est en eux pire que les rigueurs:
Auient-il qu'vn sainct zele en leurs ames habite,
C'est vn Zele imprudent qui les perd sans merite:
Et tellement le vice aux vertus s'y conioint,
  Que presque leurs effects ne se distinguent point.
    Non que tousiours le mal au bien ne soit contraire,
Mais c'est qu'estans sans moy qui seule leur esclaire,

Ils font mal le bien mesme, ou font hors de saison
Vn bien qui n'est point bien estant fait sans raison;
Et des belles vertus, semences de la gloire,
Ils moissonnent des fruicts qui tachent leur memoire.

    Quel renommé l'aurier s'est iamais remporté
Que presque ie ne l'aye au vainqueur apresté?
Tu combats vaillamment, & fais que l'on te donne
Es victoires du fer la premiere couronne:
Mais c'est moy qui par l'art des presages humains,
En dispose la gloire à l'effort de tes mains.

    C'est moy qui prudemment choisy les auantages
Dont le temps & les lieux secondent les courages:
C'est moy qui sçauamment range les esquadrons,
Et qui leur fais monstrer ou les flancs ou les fronts,
Selon qu'on les veut voir, d'vne ruse guerriere,
Enfermant l'ennemy le charger par derriere,
Ou teste contre teste auec luy s'esprouuant,
En lions irritez l'assaillir par deuant.

    C'est moy qui d'vne embusche heureusement dressee
Te secours au besoing quand ie te voy pressee:
C'est moy qui bien souuent t'empesche d'y tomber,
Chassant vn ennemy qui faint de succomber:
Bref, c'est moy qui d'vne ame incessamment veillante,
T'assiste, & fais qu'en vain tu ne sois point vaillante.

    Que si ne pouuant estre & sage & hazardeux,
Vn Grand deuoit manquer de l'vne de nous deux;
La raison nous vouëroit aux glorieuses peines,
Toy des braues soldats moy des grands capitaines;
Comme estants mes effects propres a commander,
Et les tiens à se voir vaillamment hazarder.

Mais quoy que nostre humeur assez peu se ressemble,
Vn mesme esprit peut bien nous allier ensemble.
Ce grand Roy des François dont le nom va si loing,
Nous en est pour ce siecle vn illustre tesmoing,
Reglant auec tant d'art & tant de vigilance
Ce qu'il a rendu sien auec tant de vaillance,
Et ses palmes encor nous forçant de douter
A qui c'est de nous deux qu'on les doit imputer.

 Cependãt cent lauriers qui n'ot point fait de veuues,
Et cent Ouations nous fournissent de preuues
Que ie puis bien gaigner des victoires sans toy,
Ou tu n'en gaignas onc vne seule sans moy.
Car i'ay veu maintefois dissiper des armees,
Et prendre des citez superbement fermees
De murs & de remparts hauts de teste & de flanc,
Sans auoir faict respandre vne goutte de sang:
Bien qu'on ne se seruist que de la ruse antique
D'vn degast de campagne où la perte publique
Se changeoit en vn bien qui domptoit par la faim
Ceux qu'on n'eust point dõtez par l'effort de la main.
Outre le sage soing de trancher toute voye
A l'espoir du secours non moins que de la proye,
Et vaincre par vn art non dependant du sort
Qui cõbat sans cõbattre, & force sans effort.   (iointes
 Aussi les plus grands Chefs nous ont tousiours con-
Cõme l'vne sans l'autre estãts des traicts sans pointes:
Ou biẽ des traits poignãts pour sanglamment toucher,
Mais qui vollent des mains d'vn ignorant archer.
 Ainsi Pallas est fainte en la Troyenne guerre
Auoir par les combats renuersé Mars à terre,

Et monſtré combien peut la prudente valeur,
Plus que celle qui bout d'vn exces de chaleur,
De qui la force aueugle, & de ſens depourueuë,
Reſſemble à Polypheme apauury de ſa veuë.

Mais ioint ou ſeparé que ſoit noſtre pouuoir,
Touſiours de plus grands biens naiſſent de mon ſçauoir
Que de ta violence, encor qu'elle reſpande
Des rayons de vertu dont la gloire eſt ſi grande.
Car l'effort de ton bras ne ſe voit employer
Qu'aux ſaiſons où la guerre oſe tout foudroyer:
Mais quand la douce paix faict fleurir les prouinces,
Alors on te reſſerre aux cabinets des Princes,
Entre les corſelets ou qu'ils ont deſpouillez,
De l'amour du repos ſagement conſeillez,
Ou que les changements des vſages mobiles,
Pendent aux rateliers en harnois inutiles.
Mais moy, ie ſers en guerre, & ſers encor en paix:
Car c'eſt moy qui l'engendre, & l'anime, & la pais
De preuoyants edicts, de conſeils pacifiques,
D'amyables traitez, de prudentes pratiques,
Bref de tout ce qui peut rendre des Rois amis,
Ou regler ceux qu'on tient à ſon ſceptre ſoumis;
D'où ſi quelque heureux fruict s'eſpand ſur la patrie,
La loüange en eſt deuë à ma ſeule induſtrie.

Mais quel Eſtat au monde à iamais peu fleurir,
Ou pluſtoſt quel Eſtat ne s'eſt point veu perir,
Manquant de ma conduitte, & laiſſant la Fortune
Seule regir le cours de la barque commune?
Qu'elle humaine action, ou deſſein, ou penſer,
A peu iamais ſans moy d'heureux fruicts auancer?

Quelle grande maison ou publique ou priuee,
S'est iamais sans mes loix bastie ou conseruee?
Tous les plus nobles arts, tous les mestiers humains
Qui conceus du cerueau s'enfantent par les mains,
Ne me tiennent-ils pas la matrice feconde
D'où s'eclot leur naissance & premiere & seconde?
Les conseils plus amys qui sont donnez sans moy,
Peut on pas les nommer trompeurs de bonne foy,
Qui d'vn aduis aueugle, & mauuais sans malice,
En cuidant garantir poussent au precipice?

　　Non, non, rien icy bas ne sçauroit se passer
Des rayons lumineux dont i'eclaire au penser:
Ie suis le vray soleil des actions humaines:
Sans moy le seul hazard a l'honneur de leurs peines:
Mais par moy, pour le moins ce qu'on a harzardé,
Se iuge bien conçeu, s'il a mal succedé:
Quoy qu'aux lieux où l'on voit regner ma vigilance,
Le dé de la fortune ayt bien peu de puissance.

　　Soit donc pour la memoire, & pour la gloire encor,
Escrit dedans du cedre auec vn stile d'or,
Que des graces du ciel d'ont l'ame est enrichie,
Il n'apartient qu'à moy d'auoir la monarchie;
Et que comme leur Reine, & l'ame de leurs loix,
Sur toute autre Vertu ie suis digne des Roys,
A qui tout me cognoist d'autant plus necessaire,
(Estant & leur conduitte, & l'œil qui leur esclaire)
Qu'vn guide est estimé par tous discours humains,
Auoir plus besoing d'yeux que de pieds ny de mains.

Prudéce.　　Icy se teut* Phronese:& la vaillante* Andrie
Valeur.　　Cuidant voir en ces mots: sa loüange amoindrie,

Sembloit vouloir respondre,& ia dire tout bas
Qu'elle estoit moins experte en discours qu'en cõbats,
Et que pour soustenir l'honneur de sa querelle,
Ses armes volontiers repartiroient pour elle;
Quand la saincte* Eusebie enflant tout à la fois   *Pieté.
Le zele de son ame,& le ton de sa voix,
Voila,voila,dist elle,auec qu'elle insolence
Les humains admirants ou leur folle prudence,
Ou leur foible valeur ,se vantent tous les iours
Que ce n'est point le bras du celeste secours ,
Mais le leur qui les sauue,ou leur seule conduitte
Qui met sans coup frapper leurs ennemys en fuitte.

　　Ainsi le simple enfant à qui quelque escriuain
Pendant qu'il forme vn traict conduit la foible main,
Croit l'auoir fait luy mesme,& s'en plaist, & s'ẽ vãte,
Et trouue qu'en ses doigts l'ignorance est sçauante.

　　Ce n'est point vostre espee, ô mortels insensez,
N'y l'art de vos conseils sagement pourpensez,
Qui termine pour vous les combats en trophæes,
Ou rend en vos estats les guerres estouffees:
C'est la dextre du ciel dont l'inuisible effort,
S'armant pour vous sauuer,fait faire alte à la mort,
Aux perils,aux mal-heurs,aux funestes orages
Qui venoïet pour vous perdre en leurs sanglãts raua-
Et puis les destournant sur les chefs ennemis,   (ges:
Au lieu des verds lauriers qu'ils s'en estoient promis,
Y jette & du desordre, & des terreurs Paniques,
Et des troubles naissants de discordes publiques,
Ou quelqu'autre malheur qui les fait deuant vous
Eux mesmes se destruire, ou tomber sous vos coups:

Tellement que vos mains alors victorieuses
S'en trouuent remporter des palmes glorieuses,
Qu'enfin mille oliuiers ceignants d'vn tour epaix,
Il aduient que chez vous tout est victoire ou paix.

    Et cependant ingrats vos aueugles penfees,
Sans voir que ces faueurs de la haut font verfees:
S'en confacrent la gloire, & rapportent l'honneur
De ces celestes dons à tout fors qu'au donneur.
O mal-heureufe terre! ô fablon infertile!
Que nul foing n'a pouuoir de rendre moins fterile!
Que la pluye endurcit par vn contraire effect,
Et qui ne reçois rien fi mal deu qu'vn bien-faict!
Rapporte mal-heureux, rapporte l'origine
De ces diuins ruiffeaux à la fource diuine:
A ce Bien qui, parfaict, ne peut non plus ceffer
De t'obliger à foy, que toy de l'offencer.
Fay regner fon honneur par toutes tes prouinces,
Si la faueur du ciel t'affied entre les Princes:
Bafty luy dans ton ame vn pur & vif autel;
Et que ton cœur en foit l'holocaufte immortel:
Adore fa puiffance, & l'inuoque, & t'y fie,
Et tous mefchans defirs dedans toy crucifie;
Et tu n'auras que faire, encontre aucun mal-heur,
Ny de tant de confeils, n'y de tant de valeur.
Car eftendant fur toy fa dextre tutelaire,
Quand tout le monde entier armé pour te deffaire
Te viendroit affieger, & que de nulles parts
Ne t'en pourroient fauuer ny foffez ny remparts:
Au milieu des mal-heurs dont tu craindrois l'attainte
Il te guarantiroit des caufes de ta crainte,

Et les tiens preseruez des dangers du trespas,
S'estonneroient de vaincre & ne combatre pas.
Tes seules oraisons mettroient cent camps en fuitte:
Et quelque heureux Cæsar quils eussent pour coduite,
Tu te verrois aux yeux de cent Chefs opposez,
Combattant à genoux vaincre les bras croisez.
Encor son Ange armé recourroit à l'espee
Qui du sang d'Assirie vn iour fut si trempee:
Encor Sennacherib brauant en son orgueil,
Trouueroit Ezechie auec la larme à l'œil,
Le combattre de vœux, comme de quelques charmes,
Et feroyent plus d'effect tes larmes que ses armes.

    Pourquoy donc vainement osons nous consulter
Laquelle c'est de nous qu'on doit le plus vanter?
Celle qui donne à Dieu, celle en fin qui le donne,
C'est celle à qui plustost on doibt ceste couronne;
Puis que le possedant on possede tout bien,
Et que ne l'ayant point, quoy qu'on ayt, on n'a rien.

    Non non, que la Valeur ny la Prudence mesme
Ne se reputent point l'honneur d'vn diadême:
Iay veu de vaillants Roys, i'en ay veu de prudents,
I'en ay veu d'esprouuez contre tous accidents,
Et de qui la constance estoit incomparable,
Borner leurs tristes iours d'vne fin miserable:
Mais ie n'ay iamais veu finir que bien heureux
Les Roys qui seruants Dieu l'ont faict regner sur eux,
Et qui durant les maux qui leur menoient la guerre,
Sacrifiants au ciel les pensers de la terre,
Ont creu, d'vn œil ietté sur ce diuin Soleil,
Sa grace estre leur force, & ses Loix leur conseil.

Non que i'estime vn Roy qui laschement conspire
De remettre à Dieu seul les soings de son empire,
Et qui fuit cependant de trauailler ses mains
Aux glorieux labeurs dont les sceptres sont pleins :
Car ie veux qu'il seconde auec sa vigilance,
Et constance, & iustice, & sagesse, & vaillance,
Et les autres vertus dont il est possesseur,
Les faueurs que luy faict le ciel son deffenseur,
Sçachant bien que d'vne ame à bien faire animee,
Dieu ne reiete point vne priere armee.
Mais il faut qu'il consacre à sa seule bonté
L'honneur de tout le fruict qu'il aura remporté
De ses plus nobles soings, & plus royalles peines :
Et non à l'art trompeur des finesses humaines,
Et non au vain effort des secours d'icy bas,
Et non à la fureur des plus fameux combats,
De qui (tant soit leur tiltre, illustre & magnifique)
L'effect n'est qu'vn massacre & permis, & publique.
　Enfin, quelque valeur que possede vn grand Roy,
Le ciel veut qu'en merite il la postpose à moy :
Qu'il l'ait pour eguillon, mais que i'en sois la bride :
Qu'elle entre en ses conseils, mais que moy i'y preside :
Que souuent il la croye, & moy iournellement :
Qu'elle inspire son cœur & moy son iugement :
Bref que sa cognoissance en rien ne me l'egale,
Ny nulle autre Vertu tant soit elle royalle ;
Mais qu'il me fasse asseoir au premier lieu d'honneur ;
Se repute sans moy deplorable en son heur ;
La tienne pour vtile, & moy pour necessaire :
Et croye, en quelque temps qu'il ait pour aduersaire,
Qu'on

Qu'on peut plustost faillir suiuant tout que ma loy,
Et se perdre auec tout que se sauuer sans moy.

C'est en croyant ainsi que ce Roy des Prophetes
Rendit, sans grand effort, tant de forces deffaites:
Qu'il trompa tant de fois les filets du trespas,
Que la main de l'Enuie osoit tendre à ses pas;
Et qu'en tous ses assaux il acquist tant de gloire,
Qu'il sembloit presque auoir epousé la Victoire.

Quel Monarque icy bas ne voudroit heriter
De l'heur que ses vertus luy faisoient meriter?
Qui ne seroit content d'acheter ses loüanges
Au prix de ses trauaux, tant semblent ils estranges?
Cependant la vertu qui causa sa grandeur,
Et versa sur ses faicts tant de gloire & tant d'heur,
Ce ne fut ny l'effort dont sa main fut armee,
Ny sa prudence mesme, encor que renommee;
Mais sa pieté saincte, & son Zele immortel
A seruir le Seigneur, & cherir son autel.
Zele qui le bruslant de cent flames celestes,
Luy faisoit consacrer la gloire de ses gestes,
Et du manteau Royal dont il portoit le faix,
Au pieds du seul autheur de ses illustres faicts;
Comme ne s'estimant posseder sa couronne,
Qu'autant que la sauuoit la dextre qui les donne,
Et non autant que l'art des conseils qu'il suiuoit,
Où sa vaillante main de soy la conseruoit.

Soient ses imitateurs les Roys les plus augustes
En vn zele si rare, en des pensers si iustes:
Et sachent que ny soing de sagement regner,
Ny bon-heur qui sans fin les semble accompagner,

C

Ny valeur, ny sçauoir, ny gloire de conqueſtes,
Ne fait plouuoir du ciel tant de biens ſur leurs teſtes,
Ny ne rend la grandeur des ſceptres de leurs mains
Si digne de regir cent millions d'humains,
Que moy qui fais qu'apres la couronne du monde
Ils en vont dans le ciel trouuer vne ſeconde;
Que meſme le Seigneur pour eux daigne veiller;
Se rend leur partiſan deuient leur conſeiller;
Va pour eux à la guerre, & Chef de leurs armees,
Leur acquiert tous les iours des palmes renommees:
Bref, que nulle vertu n'eſt parfaite ſans moy:
Et qu'en ce rare honneur d'inſpirer vn grand Roy,
Ie paſſe d'auſſi loing tout ce qu'icy nous ſommes,
Que la grandeur de Dieu paſſe celle des hommes.

* Pieté.   Les diſcours * d'Euſebie ayants prins fin icy,
* Iuſtice. * Dicee ouurit la bouche, & repartit ainſi.

    I'ay long temps eſcouté, reſtreinte en mon ſilence,
Mais ny de vos raiſons, ny de voſtre eloquence
Ie n'ay rien recueilly, quoy que i'aye entendu,
Fors que l'on s'attribue vn honneur qui m'eſt deu,
    Qu'on me priue d'vn bien dont ie ſuis la nourrice,
Et que peu iuſtement on traicte la Iuſtice.

    Car ſi quelque Vertu merite de regner,
Ou d'vn pas eternel les Rois accompagner,
Et faict d'vn plus grãd luſtre eſclairer leur memoire,
C'eſt moy qui iuſtement puis m'en donner la gloire:
    Eſtant celle qui rend, par vn meſme ſoucy,
Et les Rois bien-heureux, & leurs ſugets auſſi:
Celle d'entre les dons que le Ciel meſme auoüe,
Pour qui le plus vn peuple ou les blaſme ou les loüe:

Qui deſtruit les mutins enſemble conſpirants:
Qui fait les iuſtes Roys differer des tyrans:
Qui depart à chacun la digne recompenſe
Que ſon bien faict merite, ou qu'attend ſon offence;
Et ſans qui ces deux mots ſi feconds en debats,
Mien, & Tien, mettroient tout en deſordre icy bas.

    Non que mon ame aueugle ignore en quelle eſtime
* Andrie il faut auoir ton eſprit magnanime,   * Valeur.
Et ne ſache quels biens enſemble vous ioignez
* Euſebie, & * Phroneſe, és cœurs où vous regnez: * Pieté.
Mais (toy hors, Euſebie, à qui plus ie defere   * Prudé-
Qu'a toutes les grandeurs que le monde reuere)   ce.
Vne ſeule de vous ne produit ſes effects
Ny riches de tant d'heur, ny du tout ſi parfaicts,
Que ſouuent quelque mal ne les ſuiue à la trace
Qui leurs bien faicts egalle, & preſque les efface.
Comme herbes qui ſe font douteuſement priſer,
Qu'on voit guarir d'vn mal, & d'autres en cauſer.

    C'eſt vn digne ſuget de triomphe & de gloire
Que de gaigner par force vne illuſtre victoire,
Couurir de morts la terre, en faire vn rouge eſtang,
Et mirer ſa vaillance en des fleuues de ſang:
Mais qu'eſt ce tout cela fors autant de carnages
Dignes de la fureur des lyons plus ſauuages,
Sinon lors que le droit du fer victorieux
En rend la cauſe iuſte & l'effect glorieux?
Et quoy, ces palmes-là dans le ſang ſi plongees,
Se cueillent elles pas és terres s'accagees
Par les feux de la guerre épris de tous coſtez
Sur la face des champs triſtement deſertez?

O sanglante vertu qui n'a lieu qu'en la guerre,
Et lors que cent mal-heurs rauagent par la terre!
Donc de peur que l'acier dont son flanc est armé
Ne roüille en son fourreau trop long temps enfermé,
Il faut voir en pleurant les Prouinces desertes
Monstrer de tas de morts leurs campagnes couuertes,
Les cités & les bourgs à toute heure embrasez,
Les plus fertilles champs au pillage exposez,
Et le peuple innocent qui n'a recours qu'aux larmes
Tomber comme immolé sous le tranchant des armes!

    Certes, noble fureur des esprits courageux,
L'effroyable theatre où s'exercent tes jeux
Couste trop au public: tes palmes sont trop cheres;
Et ta gloire chemine entre trop de miseres,
De perils, de douleurs, de trauaux, de trespas,
Et d'accidents mortels dont tu ne destruis pas
Tes enemis sans plus, ou leurs champs & leurs villes,
Mais ceux mesmes qui sont tes viuants domiciles.

    Aussi de quels effects, autres que mal-heureux,
Ont remply l'uniuers mille Roys valeureux
De qui tant de combats font bruire la memoire,
Qu'il faut auec du sang escrire leur hystoire?
Ils ont rendu leur nom un suget de terreur:
Comblé les plus doux champs de ruine & d'horreur:
Espandu mille maux sur la terre & sur l'onde;
Et sans fruict ébranlé les fondements du monde:
Ne tirant autre bien de vaincre & d'assieger,
Fors l'honneur d'auoir sceu vaillamment saccager.

    Reprochable loüange à des genereux Princes,
des pasteurs de peuple, & sauueurs de Prouinces:

Cependant beaucoup d'eux ne cueillent autre fruict
De leurs sanglants labeurs que ce mal-heureux bruit:
Au lieu que leur pouuoir d'eust seulement reluire,
Pour aider & sauuer non pour perdre & destruire.

Vn seul Roy de ce temps (c'est assez le nommer)
Qu'vne iuste querelle a contraint de s'armer
Pour entrer par la force en son propre heritage,
A consacré son bras, ses armes, son courage
Au bien de son empire, & forçant le mal-heur,
Fait auouër la Paix fille de sa Valeur.

Les autres vaillants Roys, affamez de conquestes,
N'ont de ce vent d'honneur esmeu que des tempestes
Qui dans leurs propres flots les ont presque abismez,
Et leurs tristes sugets auec eux consumez:
Causants mille mal-heurs ou pleurant on remarque
Quel mal c'est quelques fois qu'vn si vaillant monar-
que.

Et quäd aux Roys prudäts, mais prudäts seulement,
Souuent trop de discours naissants du iugement
Les font viure craintifs, les gardent d'entreprendre,
Leur font perdre le temps par trop long täps l'attendre,
Et n'auanturant rien, mais tousiours discourant,
Pecher autant qu'on peche en trop auanturant.
Ou rendent leurs esprits, és affaires mortelles,
Plus accorts & rusez, que iustes & fidelles;
Si bien que comme on voit qu'és sugets hazardeux
Ils se gardent de tout, il se faut garder d'eux.

Ie tais que bien souuent les loix sur qui se fonde
L'aueugle vanité des prudences du monde,
Ont leur base contraire aux saincts enseignements
Que les loix du Seigneur plantent pour fondements:

Estant bien mal-aisé qu'vne mesme pensee
Vers deux buts si diuers soit ensemble dressee
Comme il est impossible aux regards de nos yeux,
D'embrasser tout ensemble & la terre & les cieux.
    Que diray-ie de toy sans blesser ton merite,

Pieté. Belle & saincte Eusebie, en qui Dieu seul habite?
Tu remplis bien des feux d'vne celeste ardeur
Les Roys de qui ta grace embellit la grandeur:
Tu fais bien que leur vie est vn parlant exemple
Du pouuoir des vertus dont le ciel est le temple:
Mais tu les fais d'ailleurs, s'ils n'excellent qu'en toy,
Trop froidement toucher les autres soings d'vn Roy:
Estre en paix trop reclus, trop scrupuleux en guerre,
Et tant penser au ciel qu'ils en perdent la terre.

Libera-   On peut Euergesie, en loüant tes effects,
lité. Craindre de pareils maux des graces que tu fais.
Car qu'est-ce qu'en vn Roy plus souuent on egale
Aux bontez du Seigneur qu'vne ame liberale?
Les Princes liberaux semblent estre des Dieux
Que le soing des mortels ayt attirez des cieux,
Pour chasser d'icy bas l'indigence affamee
Dont la pauure vertu souuent est opprimee.
Aussi, comme d'vn Dieu, leur nom est adoré:
On court pour leur seruice au trespas asseuré:
Et leur cause le fruict de tant de bien veuillance,
Es vns le souuenir, és autres l'esperance,
Que tous les vœux qu'on faict se terminent en eux,
Et qu'autant qu'vn Soleil leur sceptre est lumineux.
    Mais tu fais d'autre part que ces traits de largesse
Bien souuent sont au peuple vn fardeau qui le blesse:

Et que, pour empefcher ces graces de tarir
Vn Prince eftant contrainct de fouuent recourir
Aux tributs, aux impofts, & par fois aux rapines,
On voit les fleurs des vns n'eftre aux autres qu'efpines,
Et l'auarice en fin remplir iniuftement
Ce que trop de largeffe à vuidé follement.

Ny toy-mefme * Eumenie, encor que l'on te vante
Pour eftre parmy nous l'image plus viuante
De la bonté celefte, & l'vnique rempart
De ceux qui contre moy n'en ont en nulle part;
Si ne te peux tu dire exempte de la fuitte
Des maux à quoy fouuent l'indulgence eft reduitte.
Car en trop pardonnant, les crimes tu nourris:
Perds les membres entiers par fauuer les pourris:
Et peuplant les citez d'ennemys domeftiques,
Conuertiz tes pardons en outrages publiques.

Mais moy, par les effects d'vne iufte rigueur,
Ie maintiens & les loix & tout ordre en vigueur:
Fais que les Roys font craints & cheris tout enfemble:
Que rien fors le mechant fous leur fceptre ne tremble:
Que le peuple qui chante au giron de fon bien,
Sans crainte qu'vn plus grand luy rauiffe le fien,
Les benit, les adore, & fans idolatrie,
Croit les pouuoir tenir pour Dieux de la patrie:
Bref que rien ne peut rendre vn regne bien heureux
Que la terre n'eprouue & fous eux, & par eux.

Car tel comme s'eleue vn grand frefne fauuage
De qui la feule odeur, voire le feul vmbrage
Faict mourir les ferpents qui l'ofants approcher,
Se vont deffous fon ombre ignoramment coucher:

* Cleméce.

C 4

Tels se monstrent les Roys aux couleuures du vice,
Quand ils ont declare la guerre à l'iniustice;
Et font regner mes loix auec autant de soing,
Qu'ils ont soing de tenir leur sceptre dans le poing.
Nul rebelle dessein ne peut prendre naissance,
Ou prosperer és lieux soumis à leur puissance:
Et la faueur du ciel leur accorde en payment
D'auoir fait sous les loix trancher également
Le fil de mon espee en leurs champs & leurs villes,
Qu'ils n'vsent point la leur en des guerres ciuiles.

    Car le peuple qui sent combien sous leur grandeur
Il gouste & de repos, & de franchise, & d'heur,
Qui les tient pour ses dieux, & mesure à leur vie
La longueur du bon-heur dont la sienne est suiuye,
Veille pour leur salut, & ne peut endurer
Que rien ose contre eux mechamment conspirer,
Non plus que contre l'heur & le salut publique,
Dont il croit leur iustice estre la source vnique.

    Aussi ne ressent-il, des plus rares vertus
De qui les iustes Roys peuuent estre vestus,
Que le fruict de moy seule, & ce soing equitable
De ne charger son dos que d'vn faix supportable.
Ils ont beau se monstrer doux en leur magesté,
Valeureux, liberaux, fameux en pieté,
Prudents, & d'vn esprit que nul mal ne surmonte;
S'ils manquēt de moy seule, ils n'en faict point de conte:
Ny ne les aime point, & ne faict qu'escouter
Si leur mort quelque part s'oyra point reciter.

    Au lieu que s'occupants en mes saincts exercices,
Encor qu'ils soiēt dailleurs tachez de quelques vices,

Il les tient pour parfaicts, & quoy qu'ose le sort
Garde, en les benissant, leur nom apres la mort
Au sein de la memoire, & de l'amour publique,
Ainsi qu'vne sacree & viuante relique.
Tesmoing ce braue Rou, ce grand Duc des Normands,
Qu'encor d'vn cry publiq tous les iours reclamants,
Ils nomment au milieu du tort qui les opresse,
Comme s'ils inuoquoient sa dextre vangeresse.
  C'est pourquoy desormais, ô Roys qui souhaittez
De voir vostre beau nom voller de tous costez,
Et de laisser de vous quelque illustre memoire
Qui serue incessamment de vie à vostre gloire:
N'estonnez point icy les plus superbes yeux
De palais touts de marbre esleuez iusqu'aux cieux:
Ny n'allez point mesler, par les mains de la guerre,
Le sang auec le feu, le ciel auec la terre,
Exposants vostre vie à mille vains perils
Qui ne vous rendront point plus grãds ny plus cheris:
Aimez moy seulement: faites qu'on me reuere;
M'asseant pres de vous dans vn trosne seuere
De qui le seul regard estonne le meschant,
Et sur qui flambe à nud mon glaiue plus tranchant.
Donnez mes tribunaux aux pauures pour reffuges:
N'y laissez point asseoir de mercenaires iuges:
Que la seule innocence y trouue comme vn fort:
Qu'y manquant de bon droict, on manque de support:
Qu'on n'y laisse engager ma balance à personne:
Qu'on y rende à chacun ce que son droit luy donne:
Bref qu'on m'esleue vn siege où sans rien espargner
On me voye auec vous absolument regner:

Et ie doreray plus le fil de vos hystoires,

Que tous vos palais d'or, ny toutes vos victoires,

Ny tous les riches dons qu'a plein poing vous semez,

Ny rien par qui vos faits viuent plus renommez.

*Iuſtice. *Dicee alloit encor allonger ſa harangue

* Clemé- Bien qu'on viſt * Eumenie apareiller ſa langue,

ce. Et pour ne pouuoir plus à ces mots conſentir,

Ouurir deja la bouche affin de repartir;

* Libera- Auſſi bien que ſa ſœur, la belle * Euergeſie

lité. Qui d'vn petit courroux ſembloit eſtre ſaiſie:

Quand vn nouueau courrier des aſtres arriuant,

Empeſcha leurs debats de paſſer plus auant:

Et fidelle porteur d'ordonnances nouuelles,

Miſt fin par ces propos à leurs douces querelles.

　　Immortelles beautez des eſprits plus qu'humains:

Celuy qui tient le monde enfermé dans ſes mains

Vous mande qu'il luy plaiſt qu'affin de rendre eſteinte

Toute cauſe entre vous de diſpute & de plainte,

Vous toutes vous ayez la gloire d'impoſer

Le Surnom que le ciel doibt tant fauoriſer,

* C'eſt à L'apellant* P A N A R E T E, en heureux teſmoignage

dire, rou- Que toutes vous l'aurez marqué de voſtre image:

te vertu. Et que vous transformant en ce grand Cardinal

Qui d'vn ſacré ſurgeon eſt icy le canal,

Toy diuine Euſebie à qui meſme il reſſemble,

Tu l'impoſes au nom de vous toutes enſemble,

Apres qu'il aura faict reſonner par ſix fois,

L'autre Nom moins diuin attendu des François.

　　Allez: l'heure vous preſſe, & deſormais l'attente

D'vn myſtere ſi ſainct tout le monde tormente.

Moy, ie vois cependant, d'vn vol aussi leger,
Chercher l'antre où la Peste est apprise à loger:
Et de la part du Ciel asprement luy deffendre
D'estre si forcenee, & de tant entreprendre,
Que d'eslancer vn seul des traits de son carquois
Sur la trouppe assemblee au grand palais des Roys,
Où cest œuure sacré Royalement s'appreste,
Pendant que dureront les pompes de sa feste.

Sur ces mots l'Ange part, & son vol flechissant
Vers le triste Paris, à l'heure gemissant
Sous les coups inhumains de ce monstre homicide,
Il trouua la cruelle en vn fond chaud humide,
Prenant desia sa trousse, & preste de voller
Au lieu mesme où le ciel luy deffendoit d'aller.

Les lambeaux mal cousuz d'vn habit viel & sale
Couuroient par cy par là son corps iaunement palle,
Sur qui de gros charbons ardamment enflamez,
En venimeux rubis, estoyent par tout semez.
Vne soif inuincible, vne eternelle fiebure,
Luy deseichant la peau, luy pallissoient la léure:
Le souffle de sa bouche estoit vn coup mortel:
Et luy seruoit encor de mal-heureux hostel
Vn lieu triste & relant, & que nul vent du monde,
Fors celuy dont l'Affrique en Automne est feconde,
Ne pouuoit euenter, mais qu'vn air étouffé
Couuroit de la vapeur d'vn marets échauffé.

Pres d'elle, & tout au tour, gisoient pour sa pasture,
Des fruicts qu'on voit soudain aller en pourriture:
Force melons tous verds, force raisins non meurs,
Des concombres mal-sains, la poison des humeurs,

Et ce fruict qui de Perſe à tiré ſa naiſſance,
Venimeux en ſa terre, & non ſalubre en France.

Peu de temps s'areſta dans de ſi triſtes lieux
L'ange appris à iouïr de la gloire des cieux:
Mais bien toſt deteſtant cet air gros & malade,
En moins de temps qu'il peut finit ſon embaſſade:
Puis reuolant au ciel, la meurtriere eloigna,
Dont encore l'horreur ſi loing l'accompagna,
Qu'il euſt pailly deffroy de s'eſtre approché d'elle,
S'il ne ſe fuſt ſenty d'vne eſſence eternelle.

Cependant le troupeau des immortelles Sœurs
Qui de tout vice humain purgent leurs poſſeſſeurs,
S'eſtant guidé par l'air ſur l'œlle d'vne nuë,
Rendit Fontaine-bleau ſenſible à ſa venuë.

Le pompeux échauffaut pour cet acte eſleué,
Trembla deſſous ſes pieds, des qu'il fut arriué:
Les antiques parois du Royal edifice,
La maſſe du portail, ſon arc, ſon frontiſpice,
D'vn luſtre plus riant ſemblerent eſclairer,
Et ceſte bande ſaincte en entrant adorer.

Elles ſe confondant d'vn meſlange inuiſible
A la troupe des Grands, qu'vn murmure paiſible
Suiuoit en ce conuoy leurs vertus beniſſant,
Seruirent auec eux ce bel Aſtre naiſſant,
Dont les nouueaux rayons s'epandants ſur la France
L'alloient remplir des fleurs d'vne neuue eſperance.
Et puis quand les deux noms du ciel fauoriſez
Furent heureuſement ſur ſa teſte impoſez,
Toutes l'enuironnant d'vne couronne epeſſe,
Sous la viſible forme ou de quelque Princeſſe,

Ou de quelque grand Prince à l'entour espandu,
Rendirent à son nom l'honneur iustement deu;
Chacune l'animant à suiure pour escorte
Le doux soing de celuy qu'aux humains elle aporte.

  Puisses tu (disoit l'vne en baisant ses beaux yeux)
O grand Prince estre vn iour si bien voulu des cieux,
Qu'encor qu'Auguste cede à l'heur de ta ieunesse,
Ton heur cede pourtant au bien de ta sagesse.
Fleurisse, disoit l'autre, en toy tant de bonté,
Que l'honneur de Traian s'en trouue surmonté.
Auienne, disoit l'autre, (ô Dieu combien i'espere)
Que tu sois quelque iour plus vaillant que ton Pere.
La clemente douceur d'vn si genereux Roy
Se face, disoit l'vne, vn iour reluire en toy:
Et l'autre, puisses tu, des ta vie enfantine,
En sage pieté vaincre & Mere & Marrine.
Bref, c'estoit la Pandore à qui, de tous costez,
Tous leurs dons se voyoient par souhait presentez:
Attendant que le ciel change, auec auantage,
Leurs souhaits en effects, leurs conseils en vsage.

  Face le Tout puissant, le Monarque des Roys,
Que quand toute la France escoutera ses loix,
Il ait soing d'acomplir ce que nostre esperance
Osa iurer pour luy presque dés sa naissance,
Et que semble... nous iurer tous les iours
Ses mœurs, ses... sagesse, & ses petits discours.
  Qu'il ait soin... peuple, & l'ayme, & le deffen-
Se plaise à la iu... igneux la luy rende: (de;
Fuye à charge... aucun nouueau tribut;
Ayt son soula... pour ferme & propre but;

Et monstre de penser que le nom le plus rare,
De ceux dont iustement vn Monarque se pare,
C'est celuy de bon Roy, non ces noms glorieux
Ou de foudres de guerre, ou de victorieux,
Qui, tous nobles qu'ils sont, rēdent plustost les Princes
Craints de leurs ennemys, qu'aymez de leurs prouin-
   La mer deuient enflee, & l'orgueil de ses flots, (ces.
Quand la lune est au plein, faict peur aux matelots:
Puis derechef s'abaisse, & resserre en ses bornes,
Quãd cet Astre inconstant prend ses dernieres cornes:
L'ignoble naturel s'en trouue faire ainsi:
Quand le Sort le seconde, il s'enfle le sourcy
D'vn superbe dedain qu'alors rien ne modere,
Puis tombe, & s'applatit quand il l'a pour cõtraire.
   Qu'il en aille autrement de son cœur genereux:
Et soit quand le destin luy sera rigoureux,
Soit quand il le verra d'vn regard fauorable,
Qu'il se monstre tousiours à soy-mesme semblable,
Tousiours plein de bonté, tousiours grauement doux,
Et tousiours se plaisant d'estre accessible à tous.
   Qu'ainsi nulle barriere (inuention barbare)
Fors celle du respect, des siens ne le separe.
Le Prince tant soit-il vn grand & puissant Roy,
Qui met vne barriere entre les siens & soy,
En met vne à la fin, sans qu'il s'en guarantisse,
Entre leurs volontez, & son propre seruice.
   Qu'il laisse au vain orgueil de ces fiers Pretejans,
Ou de ces Roys d'Asie, aux aises se plongeants,
Le soing de n'exposer leur face basanee
Aux yeux de leurs sugets, qu'vne où deux fois l'annee:

Luy , que comme vn Soleil il sorte tous les iours,
Pour se monstrer au monde, & pour donner secours,
Soit à la pauure veuue oppressee & dolente,
Soit au pauure orphelin qui vainement lamente,
Soit aux iustes souspirs du chetif laboureur:
Et que, suiuant les pas d'vn illustre Empereur,
Il croye auoir perdu le cours de la iournee
Qu'a de si nobles soings il n'aura point donnee;
Et vescu ce iour-là comme inutile à soy,
Ou comme vn homme simple, & non pas côme vn Roy,

    Qu'il ne consume point en friuoles despenses
L'or que d'vn iuste amour les douces violences
Auront pour son secours, en vn pressant besoing,
Contraint son pauure peuple à se l'oster du poing,
Ou plustost de la bouche, ou plustost des entrailles,
Quoy qu'épuisé deja par la pompe des tailles.
Mais que le reputant auec quelque douleur,
Du sang, non du metal, bien qu'il ayt sa couleur,
Il ayt horreur de perdre en des depenses vaines,
L'ame de ses sugets, & l'humeur de leurs veines.

    Ce grand Prophete & Roy si cogneu par ses chants,
Voulut boire d'vne eau sourdante emmy des champs
Sur qui ses ennemis espandoient leur armee,
Tenants ainsi la source en leur camp enfermee:
Trois de ses colomnels, contempteurs de la mort,
Donnent dedans ce camp: penetrent iusqu'au fort
Pres de qui ceste source incessamment feconde,
Faisoit voir le Soleil à l'argent de son onde:
Le coutelas au poing s'auancent d'en puiser:
Forcent tous les efforts qu'on leur scait opposer,

Et tous couuerts de coups, mais plus encor de gloire,
L'apportent au grand Roy qui desiroit d'en boire.

Mais luy se souuenant par combien de trespas
Ces trois vaillãts guerriers auoient conduit leurs pas,
Allants ainsi ~~se~~ chercher la source desiree,
Reffusa de l'offrir à sa bouche alteree:
Car qu'est-ce icy, dist-il, fors le sang de ces cœurs
Qui pour moy s'exposants son retournez vainqueurs?
Et sachant ce que Dieu de nos ames demande,
En fist à son autel vne deuote offrande.

Que nostre ieune Prince vn iour en vse ainsi
De l'or que ses sugets pleins du iuste soucy
Dont le deuoir epoind des volontez loyalles,
Offriront au soustien de ses charges Royalles:
Qu'il mette comme en veuë aux yeux de son penser,
Auec quelles sueurs on a peu l'amasser;
Qu'elle rigueur, peut estre, en son nom exercée
L'aura tiré du sein de la veuue oppressee,
Du chetif artisan, du triste vigneron
Que la pauureté mesme eleue en son giron:
Et die auec pitié de sa propre abondance:
C'est le sang de mon peuple, & sa pure sustance:
Il ne faut pas qu'en ieux, & sans fruict dependu,
Il soit comme de l'eau sur la terre espandu.
Cela dit, craignant plus l'abus que le dommage,
Qu'il le voüe au Seigneur comme à son droit vsage.

Et c'est le luy voüer, & le rendre sacré
D'vne espece de vœu que ses yeux ont à gré,
Que de le consumer és Royalles despenses,
Ou que tout vn Royaume a pour seules deffences:

Ou de

Ou de qui la splendeur faict eternelle foy
De la bonté, sagesse, & pieté d'vn Roy.

C'est pourquoy, que sa main ne soit iamais fermee
A celles dont le lustre orne la renommee:
A bastir des palais où luise sa grandeur,
Mais où l'vtile vsage égalle la splendeur:
Dôner vn dos de pierre aux grãds chemins publiques:
En aqueducts & ponts egaller les antiques:
Fonder des hospitaux, ou renter les fondez:
Brauer l'humide orgueil des fleuues debordez,
Auec le fort rempart des publiques chaussees:
Deffendre ainsi ses ports des vagues courroucees:
Bastir de grãds ouuroirs aux mestiers des neuf Sœurs:
Auancer leurs beaux arts: d'oter leurs professeurs;
Et prendre en des bienfaicts, côme en des rets viuãtes,
Et les vaillants esprits, & les ames sçauantes.

Mille & mille beaux vers diuersement chantez
Ont publié la foy, la valeur, les bontez,
La clemence, & l'esprit de nostre grand Monarque,
Selon qu'vn docte vent en à poussé la barque:
Mais nulle voix n'a faict, en vers graues ny doux,
Le lôs de sa largesse encor bruire entre nous;
Quoy qu'vn million d'or, somme plus que Royalle,
S'epande tous les ans de sa main liberale,
Sur ceux que sa bonté luy faict fauoriser,
Ou leurs propres vertus diuersement priser.

Qui de ses deuanciers franchit onc ces limites,
Soit voulant obliger, soit donnant aux merites?
Nul n'attaignit iamais iusqu'à telle hauteur
Quoy qu'vn publique bruit ny trompé, ny vanteur,

D

Ayt acquis à son nom la fleurissante gloire
De Prince liberal & d'illustre memoire.
Et nous ne ferons pas voller par l'vniuers
Vn los si merité sur l'ælle de nos vers?
Et nous ne dirons pas que sa main renommee
Sçait aussi dignement, quand elle est desarmee,
Obliger de bien faicts ceux qui luy sont soumis,
Qu'elle sçait és combats vaincre ses ennemys?
  S'en taise qui voudra : s'abstienne de l'ecrire
Quiconque ne s'ent point ceste bonté luy rire,
Soit par le seul effect de son propre mal-heur,
Soit par celuy qui naist d'ignorer sa valeur:
Moy qui marche entre ceux que la source feconde
De ce grand fleuue d'or laisse boire en son onde,
Ie le veux publier, tant parlant qu'escriuant,
Aux oreilles du siecle & present & suiuant:
Et dire sans flatter que les vœux dont la France
Accompagne le vol de sa neuue esperance,
Ne doiuent aspirer à rien de plus heureux,
Sinon qu'en ceste part de Prince genereux,
Aussi bien qu'és vertus qu'encor on en espere,
Le ciel nous rende vn iour le Fils egal au Pere:
Luy faisant tellement ses bien-faicts ordonner,
Qu'il done comme vn Roy qui veut long tẽps donner,
Mais qu'vne telle ardeur à ceste gloire enflame,
Qu'il donne tousiours moins de la main que de l'ame.
  Face l'heureuse loy qui commande aux destins,
Que s'estants assoupis les troubles intestins
Dont nous auons senty la tormente publique,
Il vieillisse en vn regne à iamais pacifique;

Et n'efprouue en nul temps ce que pefe vn harnois,
Fors qu'en vne barriere ou durant des tournois,
Ou lors qu'vn fainct courroux époindra fon courage
D'aller reconquerir fon antique heritage:
Mais quelque amour de gloire, ou pouuoir du mal-heu
Qui luy face és combats efprouuer fa valeur,
Auienne qu'en fortune, & fageffe, & vaillance,
On le voye egaller l'auteur de fa naiffance;
Et n'auoir nul befoing que quelqu'vn l'eueillant,
Luy monftre qu'il nafquit d'vn Pere fi vaillant.

Mais le laurier bruflé friuolement craquette,
Et pour mafcher fa fueille, on n'en eft point prophete,
Ou le foing d'attiedir ces courageux bouillons
Qui font chercher la mort entre cent bataillons,
Trauaillera pluftoft les recteurs de fa vie,
Que ne fera celuy d'en exciter l'enuie.
Et comme vn iour Thefee, eftant preft de perir,
Fut cogneu fils du Roy qui le faifoit mourir,
A l'or de fon efpee engraué d'vne marque:
Il fera recogneu pour fils d'vn tel Monarque
Aux exploits de la fienne, & parmy des hazards
Où l'on euft veu pallir les deux premiers Cæfars.

Qu'il foit Prince clement, mais que par fa clemëce
Il ne nourriffe point l'audace & l'infolence
Pareil à ces hyuers trop tiedes & trop doux,
Qui produifent la pefte, ou le pourpre, & les cloux,
Et tous ces autres maux qui prennent nourriture
Des humeurs que le temps reduit en pourriture:
Ou font viure & germer, par les champs labourez,
Ces vers de qui fouuent les bleds font deuorez:

Ou les tiges rampants de ces mauuaises herbes
Qui suffoquent en verd l'esperance des gerbes.

    Non qu'il ne soit cogneu qu'on ne se peut grauer
Tant d'honneur sur le front à perdre qu'à sauuer;
Qu'infiniz animaux que la poussiere engendre,
Peuuent oster la vie, & nul que Dieu la rendre:
Mais en trop pardonnant, on faict que trop d'esprits
Ont besoing de pardon, par vn lasche mépris
Des loix, & des senats, comme n'estants les brides,
Ou les epouuantaux que des ames timides.

    Soit en ceste douceur son esprit moderé,
Sil veut voir & son sceptre & soy-mesme asseuré:
Sans rendre ny son regne horrible de suplices,
Ny ses graces non plus la tutelle des vices:
Et faire deuenir, en se trop relaschant,
Le temple de Salut l'Asyle du meschant.   (ue:

    Qu'il ayme & craigne Dieu: qu'il l'honore & le ser-
Qu'il sache que luy seul l'establit & conserue:
Qu'vn Roy n'est reueré que pour estre son Oint,
Et qu'on le garde en vain s'il ne le garde point.

    Qu'il croye, & qu'il adore, & suiue sa parolle:
Qu'en la mer de ce monde il l'ayt pour sa boussole:
Qu'il mesure à ce pied la puissance des Roys:
Et que la reputant pour la Reyne des loix,
Il l'ait au fond du cœur incessamment escrite,
Mais que ce soit en Prince, & non pas en hermite.

    On pouuoit bien iadis, viuant l'antique loy,
Demeurer tout ensemble & grãd Prestre & grand Roy,
Car rien n'empeschoit lors qu'vne puissance mesme
Ne mariast la mistre auec le diadème:

Mais icy leurs deuoirs se trouuent diuisez:
Les moines-Roys en fin deuiennent m'eprisez:
Et s'egallants sous eux les seruiteurs aux maistres,
Les sugets font les Roys quād les Roys fōt les Prestres.

Qu'il soit Prince de foy, veritable, & constant:
Que son ame ayt horreur de tromper en mentant:
Et que, comme ses faicts ne seront que miracles,
Ses parolles non plus ne soyent que des oracles.

Veuille le Tout-puissant, sous luy, rendre amortys
Tous brasiers allumez de contraires partys: (uent,
Car souuent, pour surcroist des mal-heurs qui s'y cou-
Il se trouue deux Roys ou deux partys se trouuent:
Mais encor, s'il falloit que tels maux eussent cours
Aussi bien de son temps qu'ils l'ont eu de nos iours,
Puisse l'heureux fanal d'vn conseil salutaire
Le guider sur le pas de ce grand Roy son Pere,
Qui rauissant la palme aux plus vieux empereurs,
A faict icy mourir de pareilles fureurs,
Par de si doux moyens, que plustost on les pense
Effects d'heur tout diuin, que d'humaine prudence.
Soit prudence ou bon-heur, puisse-il en tous les deux
Egaller ses beaux faicts, & surmonter nos vœux:
Et pour voir en repos fleurir son diadême,
Obtenir l'vn du ciel, & l'autre de soy-mesme.   (arts

Ie sçay bien qu'vn grand Prince estant né pour les
Qu'on apprend à la guerre, és conseils, és hazards,
Le vray liure des Roys, entre les necessaires,
C'est le liure parlant des publiques affaires:
Mais pour ce que nostre age en peu dans est compris,
Et que trop peu sçauroient les plus rares esprits

D 3

Qui ne seroient sçauants qu'en la simple science
De ce qu'vn age seul puise en l'experience,
Affin qu'il voye ensemble & tous les accidents
Que luy monstrent ses iours, & tous les precedents,
Qu'il expose à ses yeux les tableaux de l'hystoire,
Et que des autres Grands contemplant la memoire,
Il epluche leurs faicts, leurs conseils, leurs discours;
Ce qui s'est faict d'illustre, ou d'estrange en leurs iours,
Ce qu'on en doibt fuir, ce qu'on en doibt apprendre,
Et si leur vie honore, ou diffame leur cendre:
Qu'il s'y mire soy-mesme, & regarde en autruy
Si ce qu'on en escrit, s'escrira point de luy.
Car les vers & les chants ne sont rien que loüange,
Mais bien souuent ce stile en l'hystoire se change;
Et tel Prince en viuant est aux Dieux comparé,
Qui gisant au tombeau voit son nom dechiré,
Non moins que sa memoire abhorree & maudite,
Si le cours de sa vie à faict qu'il le merite.
    Que se doibt-il encor à ces vœux adiouster?
Rien sinon qu'on le voye en ses mœurs rapporter
Ainsi qu'en vn portraict la viue ressemblance
Des deux grands demy Dieux dont il à pris naissance:
Et qu'en mille vertus le ciel le rende tel,
Que ne pouuant son nom estre autre qu'immortel,
Le seul docte labeur de la plume animee
Dont ce grand Duperron vit en la renommee,
Pour planter cent lauriers sur son chapeau vermeil,
Soit digne d'en remplir les deux lits du Soleil
Et mariant sa gloire à la pompe du stile
Estre l'Homere seul de ce Royal Achille.

                    F I N.

www.ingramcontent.com/pod-product-compliance
Lightning Source LLC
Chambersburg PA
CBHW061646180626
46818CB00003B/989